子取りの産声

柴田友理

思潮社

子取りの産声

柴田友理

思潮社

子取りの産声

小さな箱に　入るだけの霧を入れましょう

では次に装飾をしてみましょう
筆にたっぷりの水を含ませて
霧に色を垂らすのです

赤とか　緑とか　黄とか　紫とか

（青なんかも素敵じゃないですか！）

そしたら箱の中に僕も入りましょう

じきに死にます

じきに死にます

方位磁石すら狂ってしまったこの中空のさなかに
生ぬるい羊の血をかぶって

わたしは　――

よみがえってはまた眠る
柔らかい壁の裏で　　　　いつも共犯者を捜している
わたしは　　　生まれつきの水子なのかもしれない

陥没夜

星のない夜空に望遠鏡で月を覗くのと
藻で溢れてどろどろとした沼の中に身を沈めるのとはよく似ている
擂鉢状にほぐれた沼の淵では銀色の羊がこちらを覗いている
あの天窓が涙をいっぱいに浮かべた子どもの瞳みたいに曇るのは　（　いつだろう　）

きっと夜明けの鈴は蔓に絡まり　　　限りなく小さい声が羊の背中に消えていく　そしてまた僕は脳を
　入れ替える

*

︵　いったい何がいけないというのか　この痺れるような内気さを　︶

　静かな鼻息とともに　窓の外を象が歩く
立派な紳士服と　立派な帽子をかぶってばんざいをした黒い　影だけの人たちの行進
夜は　垂直のあつまり

　少し透けすぎたドレス　少し間延びした靴下
無作法な暴力に怯えた　性別のない子どもたちは
ラズベリージュースの自販機の下に眠る

︵　きっと今夜は　月が斜め色に光ります　︶

When the Lamb opened the seventh seal,
there was silence in heaven for about half an hour.
（小羊が第七の封印を解いた時、半時間ばかり天に静けさがあった。）
「REVELATION 8」

彼が生まれたあの夜の片隅で　怖れと喜びとが入り混じる中
水蒸気すら星になる何処か見慣れた共同浴場で　わたしは一人
髪を洗う。　四方の壁に張り巡らされた鏡の一々に　後ろ向き
の二人の少女の姿が見えるんです。　背の高いほう。背の低い
ほう。　どの鏡にも少女らの顔は映っておらず　　なぜか
長い艶やかな黒髪をバレリーナのように結って　　もうもうと
した湯気の中　　ゆらゆら　　シャワーをかぶって　鏡越し
の　　オーロラ　　カポー　・・・・・・　・・　・　・ン
いきなり背の小さい少女が背の高い少女の足を肩に乗せ、サー
カスのように立ち上がったかと思いきや、　いつの間にか浴場
の屋根に設置されていた縄の輪に　　可憐な肩の上の少女の首
を　　引っ掛けた！

あっと言う間もなく処刑台の少女の刑は執行された。　わたしは振り返ることもなく、冷静に　鏡越しに二人の少女を見つめ続けている。大きい少女は吊られてゆらゆら　もはや鏡に映るのは　細いしなやかな　水の滴る足だけです。　小さい少女は彼女を見上げ　（あなたはほんとうにわるいこねぇ　なんどいったらわかるのかしら　いえ　でもあなたはほんもののやくしゃ　ごらん　みんなあなたをみているわ　）

気付けば浴場も浴槽も観客で埋まり、地震のような拍手と　割れんばかりの大歓声　拍手はますます大きくなり、　熱気と蒸気に混じって噎せ返る　恐らく振り返った小さな少女の顔は　不自然に大人びた女の仮面をかぶって　ひとすじの涙を流し満足げに微笑むのだ。

しかし見よ！　少女はまだ生きている　熱い胞子のような湯気を一身に浴び、あたかも玉の汗のよう　否！　あれは胞子のドレス！　苦痛と快感に身を痙攣させながらも　彼女はいまだ踊り続けているではないか！　観客はさらにわいた。　拍手はいつしか手拍子に変わり　浴槽の湯をもろ手に受けて互いの頭にしぶきをあげる。

しかしそれでも熱気は冷めやらぬ　おお、なんという荘厳な景色であろう！　雄叫びと黄色い声のさなかで観客たちはもろもろ湯の中に頭を沈めあっているではないか！　水しぶきがあがる　小刻みな舞いがついに終わるとき、興奮と歓喜は最高潮に達し、恍惚の絶頂にさえたどり着き　感涙にむせび泣く感動のフィナーレ！

と　そのとき　吊られた少女から　赤い卵が落　ち割れた！　鐘が鳴った　すべては卵の中にうずとなって吸い込まれ、まるで栓のぬけた水槽のよう　浴槽！　観客も二人の少女もわたしですらみな卵の中に吸い込まれてしまった　うずまきの片隅でいや　隙間で微かに　誰かが歌っている誰かが歌っている　誰かが

ノエル　ノエル
ノエル　ノエル
主イエスは生まれた　主イエスは生まれた

やがて寂幕。気付けばわたしは暖炉のあたたかい山小屋にいた。
窓の外には雪原が広がっている　　しかしよく見れば積もって
いるのは雪ではなく星だったのだ。　空からはダイヤモンドダ
ストと思しき星たちがいまなお舞い落ちてくる　ドアはすでに
開かないだろうから　窓から出なければなるまい。凍りついた
窓をこじ開けすぐそこまで積もった星を踏みしめる。　　誰
だろう　　先に足跡をつけたのは　　誰かの足跡をたど
りながら歩く　いまなお星は降り積もる　　さざなみのような
笑い声をあげながら

　　——けらけら
　——けらけら

星たちの笑い声はまるで　蒸気か胞子のように見えた。拾い集
めて首飾りをつくったら　喜んでくれるだろうか　あの女は
　そうだ
あの女がわたしを誘惑したのだ誘惑したのだ誘惑したのだわたしを

あの　浴槽の　　二人の少女が　・　・　・　・　こうして基督は荒野に消えたはっとしたが振り返るのはやめた。きっともう小屋はないだろう。あの卵からはなにが生まれたのだろう　気にしてはいけない問うてはいけない　　でも　あそこで踊っているのは　　誰だろう　そうやって　　いつも卵は地面に落ちているのに。星の地面に崩れ落ち　空を仰ぎ見る　あぁ――　　一番大きくて明るい星が

落ちた！

恐らく空が引き潮になるとき　　もろ手を掲げた　　わたしの手首で　　神が　　　　　　踊る

I am the Alpha and Omega, the First and Last,
The Beginning and the End.
（わたしはアルファであり、オメガである。最初の者であり、最後の者である。
初めであり、終りである。）

「REVELATION 22」

*

（尖った欲望の果てにより　行き着いた先に　陥没した夜が見えるのだ）

流刑地にて

はじまりの音楽が鼓膜を振動させ　煽動する細い音が足元に絡みつく
きしんだ眼球の筋肉がわたしの涙の袋を優しく愛撫して
　硬い結び目がほどけ出したのはいつのころだったか

地震が起きるころには　飽和した袋のひもがほどけてしまうことでしょう
　流れ出たのは液体ではなくアメーバのような音の塊
かと思いきや　それは七色の蛇だったのだ

一時停止の姿勢を望んだわたしは　まるで可憐な陶器の踊り子
いつしか夕陽に染まり　黄金の瞬きだけは強いられて

ネイティブの太鼓

二重の頭骨　優美な顎を蛇はことほぐ
　色の始まりは蛇
音の始まりは蛇

もし本当に　蛇足というものがあるのならば
その爪にかけられたいと切に願う
眼窩にためらいもなく受け入れて
虹がたつ

蛇が消えてしまってからすべては空耳だったことに気づく

（夜左可のゐでに）

＊

はるか山奥のことではない
知らない誰かに肩を抱かれて階段を上る

（　たぶん知っているんだろうけど確認できるのはどうやら顎の先だけで
まるで深さ五センチにも満たない沼のような宮殿が　目の端に見える
そこに潜むのは……

肌に伝わる五本の零度
そろそろ目が霞む
わたしを呪う　声が聞こえる　（　歓喜にも似た
いつか遊んだ滑り台からの落下を待ちわびている

青い光に反応して
血の炎が瞬くのだ
幼い誰かが火をつける
可愛らしい　よく似た顎が痙攣して
小さな両手が弧を描き
境界線が満ちるのだ

異性の親を抱く
オイディプス王の歯型が見えるのだ

*

見た

わたしは見たのだ
茜色の空に赤い文字が浮かび上がるのを
まるで古びたアルバムで見つけた母の毛髪
もしくは見知らぬ物語の小人の足あと
湧き出たものか　舞い降りたものか　ささやかれたものか
それは定かではない
しかし文字からの断絶を企む窓は外そう
わざと前を通り過ぎる無機質なものたちは
みな塩の柱と化すだろう
仮定など愚かなこと
そこでわたしは　こだまとなる

こだまは木霊となり　そして言霊となった
目が覚めると　僕らは流刑地にいる
ここの人たちはみんな　青銅色をしている

ついぞ音といえるものはなく　音を音というための記号の元素も　もはや皆無だ
口を開けると　鉄の泡のような吹き出しが流れ出る　その中には
その中にはかつて言葉といえるものが詰まっていたのだ　あまりにも溢れかえり　空白がなくなったので
ある　みな窒息しているのである

醒め遣らぬ、

第一幕

いつしか閉じられた目が開いたとき
耳の奥で何かささやかれた気がした
急にドアを叩く恐ろしさに足が竦む
視神経の震えが何ものかの到来を告げる
ただ　脳内の爆発が止まらない

第二幕

「秩序あるテーマは剝奪されなければならない」これが今日のテーマです。はいそこの貴方
はぁ　外国語は苦手です。音符ですら読めないんですから
はい　耳で読みます。「ド」とか「レ」とかは関係なく鼓膜の動きではかります
それはなんとも冷淡な秩序！　ほかに何か仰りたいことは？
はぁ　このたった一秒の恋を終わらせて欲しいんです

第三幕

でも　だって逃げたのは貴方でしょう!?

雨が降ったら地面は濡れるけど空は濡れているわけじゃない
むかしの白黒写真はまるで醜い縞馬
破れ目から蜜蜂　狭間から膿
いま　まさに破滅に向かい
無台詞のラリー　ふぞろいなラッパにピエロは沸く
今夜は無意味に窓の外が明るい
死ぬことを約束されているのに
わたしの外枠だけはここに留まらなければならない
虫ピンで留められた昆虫のように
一時停止の姿勢で

きっといまに魚が空を飛ぶ日がやってきます

第四幕

足の裏らしいガラクタ　あちらこちらに棄権した人たちが立っている
書いたはずの言葉がすべて四方八方に飛び散り

第五幕

（　――　もしもし　？）

（　――　もしもし　？）

ピーーッ

第六幕

眠っていた　眠っていたら　仰向けの身体から半透明の身体がふわりと浮いていた
幽霊だと　そう思った　じくじくと視神経が疼いた
よく見れば　右目の視神経どうしが未だ繋がっている

引かれ　抵抗して　　千切れて落ちる
浮いた身体の幽霊はまるで子どもの手と繋がった風船のように見えた
くぃと引き　　幽霊をかき抱く　　　繋がったまま
肉を噛み千切り引き千切り一枚一枚
はぎとれ！

それは頭蓋骨粉砕のとき

第七幕

「あの子は本当に暴れん坊の利かん坊で
あっという間に駆けて行っては必ず
どこかしら切り傷をこしらえて帰ってくるものだから
うちのお針子がそのたびに裁縫糸で傷口を縫ってあげていたわけです。」

「はぁそれでついに縫いぐるみになっちまったわけか　！　」

第八幕

すぃ　と地に落ちる　落ちてしまって目が覚める
水からはねた小さな魚は　真っ直ぐにのぼっていきます

第九幕
ついに、これこそ
わたしの骨の骨
わたしの肉の肉。
これをこそ、女（イシャー）と呼ぼう
まさに、男（イシュ）から取られたものだから。
（『創世記』二・二）
夢を見ていた。
眠りの底に沈んでいく感覚は
海の底に沈んでいく感覚と似ているな。

そう思った。

夢の中で僕は荒涼とした丘の上に佇んでいた。
遠くに山が見え、
森らしきものがあるようにも見えるのだが、
全てがぼんやりと霞んでいて
いまが夏なのか冬なのかすらわからない。
かといって暑いのか寒いのかで判断しようとすると、
それもまた曖昧なものになってくるのだ。

空を見上げた。
これもまた晴れているのか
曇っているのかわからない。
何となく空があり
何となく雲がある。
そういう感じの風景だった。

少し不安になった。

途方に暮れるというのはこういうことを言うんだな、と
妙に納得していた。
何故僕はこんな処に来てしまったんだろう。
何故僕はこんな処に来なければならなかったんだろう。

「その時」になればわかるような気がした。
僕は其処で座って「その時」を待つことにした。
いつまで待たなければならないのかはわからない。
しかし待っていなければならないのだ。

一体何時間そうしていたのか。
ほんの数分のような気もした。
もう何十年もそうして待っているような気もした。
不思議と苦痛ではなかった。
小さな蜘蛛が僕の右足と左足の間に巣を張った
ああ、僕は待っているのだ。
そう実感した。

「その時」は突然やって来た。
灰色の山の向こうから、
「その時」はやって来たのだ。
彼女だった。
「その時」は彼女であり、
彼女は「その時」だった。

――嗚呼、ハルピュイアだ。

彼女は僕の前に舞い降りた。
僕はゆっくりと立ち上がった。
蜘蛛がゆっくりと逃げていった。
僕等は「その時」の中で、
いつまでも見つめ合っていた。

いつか、何処かで会ったような気がした。

思い出そうとしたが

どうしても思い出せなかった。
何か話しかけようかとも思ったが
一体何を話したらいいのかわからなかった。
とても申し訳ないような気持ちになった。
彼女は怯えたような　悲しそうな眼で
僕を見ていた。

暫くの沈黙の後
彼女がうっすらと笑ったような気がした。
何だかとても悲しくなったが
つられて僕も少しだけ笑った。

その途端
彼女がふわりと翼を広げた。
そして僕の胸にその首をもたげ、
僕の胸から肋骨を一本抜き取り、
そのまま空へと飛び立っていった。

後には羽音だけが残った。

彼女の羽が一本
僕の足元に舞い落ちていた。
確かめるとやはり肋骨が一本無くなっていた。
不思議と悲しくはなかった。
彼女はまたやって来るだろうか。
「その時」はまたやって来るだろうか。
また
「その時」が来るまで待ってみようか。
そう思った。

そうして僕は
こうしていまでも彼女を待っている。
何日そうしているのだろうか。
何年そうしていたのだろうか。

ふと、
これは夢なのだろうか、
そうとも思った。

僕は待っていた。
もう蜘蛛が巣を張りに来ることはなかった。

僕はいつまで
こうしていなければならないのだろう。
この土地で
このぼんやりとした
それでいてはっきりとした
夢の底で。

いま、とても大切な何かを思い出した。
でも何を思い出したのか……

第十幕

仮に目をとじたとしても
瞼の裏に白い地図が見える
均整のとれたメルカトル図法が浮かぶ
その中央に佇んでいるのは
爬虫類の被り物をした半ズボンの子ども
這いずりまわり
悲痛に呻き
トンボ玉のような両目をきょろきょろ別個に動かして
舌を出し
——ちろちろ
剝き出しの四肢で誰かをさがしている

迷子センターには無機質なマネキンが三体同じ顔で
同じ角度に小首をかしげ　乾いた質問をくりかえす

再び子どもが崩れ落ちたとき
蜥蜴は土となり
やがて乾いた砂となり

無機質に掃きあつめられて
風に飛ばされてしまうことでしょう

ある狂人の日記

思い出はすべて琥珀色に染まっている。いやもはや琥珀に取り込まれて独特の形態を保っているといったほうがいいのかもしれない。人はきっと何十年も生きてそのわずかな間だけしか子供として生きることはできないのだろうけど。するとその人が子供だった事実は大人になったときに死ぬのだろうか。「いや今、大人として生きているのだから、子供の僕が成長して大人になったわけだからなにも子供の僕が死んだわけではないんだよ」とか……　やめてくれそんなことを聞いているんじゃない。君は今子供なのか大人なのか。「僕は大人ですよ。もう二十歳を過ぎましたからね。」ならば子供だったお前はどこに行ったんだ！「もういませんよ。僕は大人になったんだから。」黙れお前に聞いているんじゃない！　ならばお前は誰なんだ……やれやれ困った人だ。癇の強い子供でもあるまいに……

目の前が閃光する。今のわたしもいつかは琥珀色に染まるのだろうか。吹き出しに収められた言葉は生まれてすぐに彼岸へ帰るというのに。

いつしか第七齢幼虫にまで育った巨大なモンシロチョウの幼虫を小枝で刺し殺したことがある。巨大なオオカマキリの成虫を知らない間に踏み潰してしまったこともある。どちらも鮮やかな緑色をしていた。しかしそれで緑色が嫌いになることはなかった。いつしかわたしの記憶にしっかりと根を下ろし、今は琥珀色に染まってはいるものの、ひとたび琥珀に足を踏み入れると緑が息を吹き返すのだ。あのカマキリは後にわたしに復讐しにきたが青虫はただ静かに体を引き裂かれて死んでいった。青虫がわたしに復讐しなかったのは、彼がまだ子供だったからかもしれない。もしかしたら青虫はわたしに殺されるのを望んでいたのかもしれない。成虫になって大空を飛ぶのを拒んでいたのかもしれない。彼はもしかしたら、風に舞って花から花へ甘い蜜を吸う生活よりも、すこしだけ開いている暗い襖の恐怖とか、蜂蜜色に流れる旋律とか、闇に形成される赤いマントの怪人とかにいつまでも翻弄されていたかったのかもしれない。彼は今もあの土地で、いつまでも幼虫として死に続けているのだろう。

もしかしたら誰しもが、そんな彼のことを狂っているというかもしれない。しかし大人になってしまった者たちは、あのようにかくも美しく狂うことはできないのだ……。　わたしはそんな彼に、心惹かれて仕方ないのだ……。そしてわたしは自分の名前もうまく伝えることができない。わたしは一生子供として生き、狂気の中で繰り返し死に続けることを誓う。

大切なものはポケットの中ですぐに死にます
青い蝶　黄色い小鳥　緑の蛙
或いは五本の白い指

i

ほら。

どこまでも抜ける空の青だ
木々の隙間からのぞいた記憶の断片のような鳥の声が
まるで薄い布をかけるように降ってくる

こんな日は釣竿を空に伸ばそう
両腕をいっぱいに伸ばして
きっと何かが釣れるかもしれない

山よりも大きな魚が
風よりも透明な蜉蝣が

或は……

何万年も先の先に何か巨大なものがいて

僕を見下ろしているかもしれない
きっとそいつは右手をそっと差し伸べて
きっと僕の釣り針に
優しくその尖った爪をひっかけようとしているのだ

ii

完全に音が途絶えてしまった遊園地の
いまわのきわに鳥が住む

　日に焼けた地面から湧き出たあの日の
　幻影たちは帰るべき場所を探して彷徨い歩いている
　透明なはずの幻影が一面にオレンジ色に染まっていて
　今が夕暮れ時であることに気付いた
　地面に影は落ちていない
　きっとそれも幻影だから

完全に人が途絶えてしまった遊園地の
いまわのきわに誰が住む

どこからともなく長い帽子を被った蝶ネクタイおじさんが
いつかのっそりと歩いていったのかもしれない
地面には長い長い影が伸びている
その瞳は何を見ている
　何をたくらむ……

空には巨大な魚が浮かんでいた
朧げな夕日に染まり体の半分には黒い影を落としている
さも当たり前であるかのようにひれを波打たせている
その口元に笑いの漣を浮かべてどこかへと梶を取っている

　だから……僕も帰ろう……

　もし、帰りの道が見つかるのならば

iii

飽きっぽい刹那の片隅に

さざなみのような笑いと　枯れ枝の球体
紙のような　ぺらぺらの建物
粉をふいた道に　怪獣の足跡だけが残っている

喉に刺さるのは　思いやりのある小人の針　無数に
あの尖った喉仏が　わたしの帰郷をとどめるのだ

何をたぐり寄せてもみんな中空にぽっかりと浮かんでしまって

（本当はここは　どこだろう

部屋が痺れるのはおそらく地震のせいだけではない気がする
最近はやたらと寒いし眠たいし
胃がせりあがってきてなんだか吐きそうなので今日はおやすみ
畳にべったり敷いた　冷たいせんべい布団にはさまれて

どこかから聞こえる　聞こえるはずのない電話の　話し中を伝える機械音
　どうぞこのまま　　壁のしみになりたい
　焼けつくような喉の痛みは熟したメロン
　きっと立て切りにすると　柔らかい繊維質が絡まって　呑み込むのもおっくうだ
　身体を這う大きななめくじの湿った鼓動と　ざらざらした皮膚に目を細めながら
　頭の針の先が痛い

積み重なる感覚に気を許し　　いつしか　　あたたかい泥に溺れ

ねばつく糸のマリオネットになったので
　　　　（小刻みなダンスを踊ります

iv

こんな大雪は三年ぶりらしい
なにすぐに止むだろうと高をくくってすぐ家路につかなかったのが災いしたようだ
ゆっくりではあるが雪はますます降り　　こみ

さらに降りこめ　　られ　一向に止む気配はない
こんな夜はみんな窓や雨戸を閉め切って暖炉をガンガン焚くものだから
　真夏の卵のように内側から腐る

一歩一歩雪を踏みしめて歩く　ぎしぎしと音がする
案外具合が良さそうだ　空っ風よりも雪風のほうが
あたたかいのかもしれない
雪を含んだ風に吹きさらされてもあの虚しく侘しい寒さは感じない
驚いたことに視界も良好　聴覚も鮮明で何万年も向こうの窓に降り
かかっている雪の音までもが聞こえるようだ　わたしの足音　雪が
雪に降り積もる音　　手のひらに雪をすくって耳にあててみても
何も音がするものではないのに

　　　　　　　　　　　　傘がひらく鳥の羽音
　　　　　　　　　　　　　あの鳥も出遅れたか

ここからは誰の足跡もついていない　屋根からスナイパーが
銃をかまえ　スコープをのぞいてわたしを狙ってるかもしれ
ないという不安からも今日は解放されるのだ　ただ雪のささ
やきだけがついてくる　　　——としゃ　　　——としゃ
わたしの中にはどこかに帰っているという意識は確かにのぼ
っているのだが　　思考まであまりにも白く埋めつくされ
てしまったのでわたしの帰るべき家が見つからないのだ
きっとそれは本来白紙にうたれた一つの黒い点のように実に
見つけやすいものなのだろうが　　生憎わたしは貧しい独り
身で暖炉を焚いて待っている家人もおらず暖炉にくべる石炭
も底をついているありさまだ

だから内側から腐る心配もない

（　いまだ罪もなく罰もなく
　　　ラスコリニコフはまだ帰路の中　）

わたしはただ歩いている　雪はあいかわらず秘密裏に降り続いている
腐りきった卵どもはいつしか崩れ　すっかり白いシーツに覆い隠されてしまったようだ
暖炉のほこほことした明かりなど一つもありやしない
しかしわたしの黒点はいったいどこへ行ってしまったろう
（　もうそんなことはどうでもいいのだけれど　）

しかし　　もしかしたら　いまこのとき　　このわたし自身が
内側から徐々に腐っていっているのではないかと思うと
憎しみにも似た感情が　　　　どこからともなく湧き出てくるのである

蟬の声にだけ誘われて外に出てみた。

なんて高いところに空が。生垣のところどころに背中の開いた脱け殻が逆さまにぶら下がっている。

シャツはすぐにぐっしょりと濡れて体に張り付いた。時たま耳元をすり抜ける風が心地よい。むき出しのバイク屋が日に焼けた地べたに座ってタイヤをいじっていた。たしかこの道を右に曲がると公園があるはずだ。でも、なんでそのことを知っているんだろう。蟬の声がだんだん大きくなってきた。ほら、この坂を登ると公園だ。おや、あんなに大きな池があっただろうか。なんせ昔のことだからあまり覚えていない。もしかしたら、ここは僕が生まれ育った町ではないのか。ここは僕が子供の時に通っていた公園ではないのか。そうだ、宝探しをしよう。きっと僕は子供の頃に毎日宝探しをして遊んでいたに違いない。きっと石の下や、洞の中や。ほら、こんなにも低いところに蝉が止まっている。羽化したばかりの蝉が死にそうな声で歌っている。ほら、あんなに高いところに飛行機が鳴いている。

首筋に柔らかい針を指されたような気がした。ぱちんと叩いてみたら小さな蚊が押し花みたいに潰れていた。真っ赤な血が止め処なく流れ落ち、掌から滴り落ちた。これは僕の血だろうか。それとも――　おや、あんなところに家がある。窓ガラスが割れている。誰も住んでいないのかな。そうだ。僕の秘密基地にしようか。あぁ……でも……、あの窓からのぞいているのは　　大きな目玉　。

水の中の大きな手が手招きする頃にはきっと全ての行為は終わっている。もはやポケットの中で小鳥が死んでいます。もう、帰らなきゃ……

まだ慣れない道を迷いながら歩く。もう日は暮れる。蝉の声がなんだか遠い。タイヤを整えられたバイクの影はもう長く伸びている。

ドアを開ける。ドアを閉める。かけたばかりのカーテンの隙間から夕日が差し込んでいる。埃の霧が立ち込める。胞子みたいだ。ごろごろとしたダンボールをすり抜ける。夕日の胞子が舞い上がる。思わず倒れこんだベッドから、眠ってしまった夢を見た。白い布団が雪原の地平線に見えた。ほんの少し、夕日色に染まっている。まだ、誰の足跡もついていない。窓の外を首なし騎士が通るかもしれない。ひとりでに指と指の間から零れ落ちた冷たいビー玉のように、口の端から零れ落ちた吐息は、一体何色に染まっていただろう。

(――ただいま)

(――おかえり)

(――ただいま)

（――おかえり）

（――もう、嫌だよ……）

いつかみた　　　鋭利な母が

眠る弟のふくよかな　　　まるい小さな頬を切り裂く　夢

それは母に託された　　　わたしの幼い狂気

子取りの産声

i

じつに素晴らしい発見でしてね。
屋根をつくるにはしっかりした柱が必要だと発見したわけです
支えて　支えて　支えて　支えて　　ほら屋根ができた
でも支えている柱は見えるけれど支えられ照りうる屋根は見えない
大事なのは鍵穴です　　そう　　鍵穴　。　すべてを見透かしている穴です
次にPaul氏はガラスの板を何枚も重ねることにした
透かして見ると　　身体が半分だけ突き抜けた女のおぼろな輪郭だけが立っている
眼球にただよう黒目が　　楕円にゆがんでいる気がした

（やぁ　きっと僕はいま　　あなたに恋をしているんだ　　）　　　ラズベリーの赤い香り

汽笛と大きな船には土砂降りの一歩手前がよく似合うものです。

（　――何故でしょう？
（　――何故でしょうね？

かたい腹筋の板を　鉄のパイプが突き通る　（　いえ　ただのガラスですから
ご心配なさらないでください　）
すべてはふってわいたものでありますから致し方ないんです
そう　まるで音楽のように！　有益なものであり誓って無益なものです
それは鍋の蓋ですから打ち鳴らされては困ります。

（　もしかしたらオペラでも聞こえていらっしゃるんですか？　）

そのとき　鶏《にわとり》が鳴いた。

（　いちばんどりは卵色
（　パンの切れ目の部分だけください
（　鶏《とり》の血抜きは忘れずにお願いします

休憩に　ギターの弦を一本だけ弾《はじ》くことにした。
ベッドの下にさっき素早く入っていったものがいったい何かはわからないけれど
だけどもしかしたら

垂直に垂れ下がった錘つきの糸を　そのまま　つん　と引っ張った感じ！
三角の螺旋階段の一番下に　落ちた卵は誰のもの？
そこには顔も身体も逆三角形の人たちが住んでいる　（とPaul氏は確信している）
共同制作にしたいと思っているんですが
外壁に鶏《にわとり》の羽をくっつけたらどんなに素敵かしら!?
ねぇ　まるでボラの口唇　ここはおそらく煽動する重み

こんど　進水式を行うつもりなんです
血受けの皿はいつもからっぽ　（　あまりうまそうではない
はい。　効果音ですべての美醜は決まります。
あぁ――　なんてうちよせる快感の渦！

楽しげに手を合わせて　満足げに微笑む　それもまた垂直のかたち

虹の蛇は垂直にのぼる

輪郭もおぼろに　陰陽の空が滲むとき

最近粘土遊びをはじめましてね。
（これはレバーですか　　いいですね　）

なぜかと言いますと、昔の誰かが経験した記憶がしっかりとわたしの中に根をおろしてしまっているからです。畦道と十字路の田んぼ　　遠くに大きな赤い鳥居と　・・・・
その赤い鳥居に向かってわたしは　・・・　本当はわたしではないんですがわたしの記憶　・・・
いえ本当は誰かの記憶なんですけれどその記憶の中ではすっかりとわたしになってしまっているんです

目玉と舌　　これだけで人は成り立ちます　　あと掌
でもわたしは腸詰めが好きなんです　（　汝は裸で咀嚼する

その十字の向こう側にある鳥居に向かってわたしは歩いているわけなんですがなぜか右手に大きな赤いハサミをさも誇らしげに掲げているわけです

（　なるほど俯瞰してみるとよくわかります）

ちょうど十字の真ん中あたりにさしかかったときにどこから湧いてきたのか誰かが三人　・・・

いえ、誰かなんてわかりません。どうせわたしの記憶ではないんですから　はい。　彼らがわたしのところに歩み寄ってくるわけです　すると　かぽぉん　と音がして彼らの首が飛びました

（ところでこの瞼はちょっとだけ開いていやしませんか？）

少なからず驚いてしまいましてね　後ろ向きに逃げたはずみにこの夕日色の痣ができたわけです
逃げて逃げて丘をのぼったところに大きな林檎の木と位の高いお坊さんがいらっしゃいました　食べますか？　と　お坊さんがわたしに林檎をくださいます　ひやりとしたなめらかな果実の肌触りが心地よくて　それでわたしは粘土遊びをはじめることにしたのです

（本当にそれが真実だと思っているのかね？　）

それにしても　この粘土細工ときたら　なんとわたしを憎んでいることでしょう！

*

（　ではそろそろ時間ですね。わたくしも少々疲れました。すべては手筈どおりですからあなたは安心しておやすみなさい。　）

用意されたのはあまりに無邪気な演奏隊　とつとつと穴のあいた舌にスープがしたたる　すじが気になる
と　　だれもいないところでつぶやいてはみるけれど
（あっ　人がいる）　（あの人はだめです。ヤギの頭をしています。）

炎は目から入りそして蒸発します　頭の中に　咀嚼する暇なく棺桶は閉められ
内壁にはマリアの像　　釘を打ち付けていつのまにやら開いた口がふさがりません
像が結ぶ日もあれば結ばない日もあり
（二重窓の向こうに蝶が飛んでいる）　（いえ、それはあなたの耳）

誰かが窓の外を走っていると思えば　それはわたしの心音でした
人を形づくるものは触手です。　そう。　触手。　（意外と長いんですね。）
不自由に巨大化する炎　砕かれつつ人になる　なんという見事　な　舌（に見える炎）

そんな不毛なやりとり

（　なにかを無理矢理終わらせるということはなんらかの痛みを伴うものです　）

（　はい大丈夫です　泣いてません

ii

こころざし　なかばの　　かすれた　　その
しゃぼんだま　の　ような　　つぶら　な　かわい　らしい　　その　眼　　ぬらぬら
むいて　みて　はさみで　あたた　かい　（意外と小さい）　その　た　まご
ちゃいろい　かみのけみたい　な　けっかんが　裏　に　こびりついていますね
はくだくした　えき　た　い　が（羊水？）　どろり　どろり　ど
にくは？（まるでゼラチン）　舌に　ぽたり　おち　て　　くる

骨？

よび　とめるのは　毛？
（いえそれはわたくしのくちばし）　——　Ballot

ちいさな　ただれた　　くちを　　あ　けて

ぴぃとわななく

なぐさめ？　そんなものはいりません　嗚咽？　なにをおっしゃいます
このくもった瞳にはそんなものはもはやうつりませんのよ　苦いのは内臓
・・・・・・・・・・切断された・・・・いつか流れるはずだった
血・・・・・・・・・・・・・・・・・・・・そんなもの　が
震える台所　　ふるふると　眼窩の底に　舌でころがす　え　き　た
いのようなわたくしを・・・ひらいてみてはいかがですか　突き刺して

そんなかんたんな自慰
ただわたくしは死につづけます

iii

いつ影は堕胎した!?　いつから影は堕胎したのだ!?　あの壁に映っていたのは
十五夜の明月を腹にたたえた女の影だったはずだ！
それがいま　いまこの壁に
水平に横たわった母と放射状に広がった赤ん坊の声が瞬いて
垂直には

ただここにいませり

と　言わんばかりの背の高い帽子の影が！
壁から湧き出す湿った子どもの声はここをみな彩色してしまったのだった
まるで青暗く混ぜた色を水がしたたる筆にたっぷりと含ませて

（ここは濃く）
（ここは薄く）

それもまだ幻影のままで

(――絵の具をどうぞ)

きっと――　　はそこにいる

水をたわわに取り込んだ衣服はもはや布ではなく
衣服にたわわに取り込まれた水はもはや水ではなく
ただの冷たい薄い膜　まるで羊膜　かの羊水！

――こうしてあの娘は卵を産んだ

両の耳をつなげる細い音　心臓を突き抜ける雷鳴がすべての血液を沸騰させたのである　この布を引けばす
べては洗い流され　それを押しとどめるのはあまりにも
長い黒髪　毛細血管　それもいつかはほどけゆ
く
もの
それは仮定されつづけ
る
もの

その平らな腹の中にはいまや何もなく　布を足でこそげ落としたのはあの帽子である

絵の具を　つぃ　と垂らしただけのようなまだらの月
声という声は記号となり　ばらばらに虚しくただよい　集結して　汽笛となった
きっとそこは分娩台　　大きな船　　貨物船？
そこで僕らはワルツを踊る　屹立のワルツ
僕らというもの　我々と規定されるもの　永遠に邪魔し剝奪されるもの　蜘蛛の巣のようなもの　　道筋の
確定した地図のようなもの　　陰湿な鐘の音色に迫害されて

船は　　海原に　　舵をとる
堕ろされた赤子のむせびなく声は船の穂先に根をおろしたのだった
しかし壁にこびりついたあの血のような声は　さらに張り付き　湧き出し
この青暗い世界の中で　ただ血だけが　　紅いのだ

母はとうに染み込んだ

垂直には

ただこ

こ　　に　い

ま　せ　　　り

と　言わんばかりのただの肉の

――と　言わんばかりのただの肉の

＊

（あの壁を逆に登ると　もう何年もむかしの「いつか」である
この壁をさらに逆に登ると　もう「どこか」違う「かなた」である）

赤子だった。それは赤子だった　二階のリビングのソファーに生まれたばかりの裸の赤子がぞんざいに放り出されていた。

（　あぁ・・・　まだ・・・・・　）

何故こんなところに生まれたばかりの赤ん坊が置いてあるのだろう。わたしのうちに妊婦はいなかったもちろんわたしも妊娠なんかしていない　母はというと　もうすでに50を過ぎていて人知れず妊娠して自宅のソファーでこっそり赤子を産み落とすなど不可能である。かといってわたしの女姉妹《きょうだい》はというと・・わたしには姉も妹もいないのである

しかしこの赤子は未熟児のようだ　へその緒もついたままで真っ赤なぬれた体をしてふるふると震えながらほやほやと哀れみを乞う泣き声をあげている。（　ささやいていると言ったほうがいいのかもしれない　）

寒いのだろうか　抱き上げて乾いたタオルで包んで暖めてやる
すると多少の震えは治まった　しかしまだ震えている　腫れぼったい空豆のような瞼をきつく閉じて薄い頭髪はぺたりと頼りなく額に張り付いている　タオルでこすってやったほうがいいような気がしたが　そんなことをしてはこの赤子の赤く薄いしわだらけの肌がずりむけてしまうのではないかという懸念がある。

（母親は誰だい？）

耳元でささやいた。わたしの問いに応えるかのように　鍵をこじ開けるようにして赤子は薄く瞼を開けた　見えているのかいないのかわからない　青白く濁った眼球がそこにあった

しかし困ったことだ。いつまでもこうしているわけにはいかないそれにこの赤ん坊はわたしの子ではない　一体誰がわたしの家のソファーに子どもを産み捨てたのだろう最近こういった事件が相次いでいるとニュースで聞いたことがあるがまさか自宅に産み捨てられるとは思ってもいなかった　今日は来客があっただろう

かあったとしても訪問した妊婦が帰り際には妊婦じゃなくなっていました　はい子どもを連れていないことには気づきませんでした　なんてことがあるんだろうか　しかしこの赤子は一向に泣きやまない　生まれたばかりなので大きな声で泣く力はないらしく耳障りというわけではないのだがあまりにも哀れな泣き方なのでなんともいえず胸が締め付けられる心地がするのだ。

腹が減っているんだろうか　しかし何を与えたらいいんだろうか　ぱくぱくしている赤子の小さな口を眺めているとわたしの口唇から　昔絵本で読んだわらべ歌が零れ落ちてきた　とくとくとした弱々しい赤子の鼓動がわたしの歌声とともに腕に伝わってくる　どうやら泣きやんだようだ　耳は聞こえているらしい興味をしめしたのか据わらない首を一心にのばしてわたしの歌声に耳を傾けているように見える

何故気づかなかったのだろうかこの赤子は少しずつ　しかし確実にわたしの腕の中で成長している　身体は乾き肌にも張りが出ていつの間にやら目も開き澄んだ黒い瞳がこちらをじっと見つめ

ているではないか　そういえばずしりと重い
遠くから誰かの声が聞こえる　なんだか楽しげな　窓の外から聞こえてくるようだ少なくとも赤子の泣き声ではない　　赤ん坊を抱いたままカーテンを少し開け　外を見る

いつの間にこんな大雨が降ったのだろう雨音は少しもしなかった雨はすでにやんでいるのだが近くの川が氾濫したらしい　完全にしかし静かに水没してしまっている　　辺り一面に土色の川が広がっているいやこれは完全に海だ　　ここは二階だから気づかなかったのだろう一階にいたら溺れていたにちがいない　いつの間にやってきたのか　いないはずの妹が別の窓から外を眺めている
（　あらあらこんなに水びたしになっていては　裏の垣根の鳩の巣も　すっかり溺れてしまっているでしょうね　・　・　）

鳩どころか人が溺れているのだ　五、六人の男たちが泥の海の中を頭を沈め四肢でもがき　・　・　しかし楽しそうに笑い声をあげている　（　大丈夫ですか!?）
無邪気に笑い声をあげていた男たちはぴたりと動きをとめゆっく

りとわたしを見上げた　そして口のはしを歪めてにやりと笑い悪意のある軽蔑した目で　ぴたりと相手の耳に唇をくっつけこそこそと悪口を言い合うのである

（——やっぱりあいつだ）

（——何故戻ってきたんだ　戻ってきたところでどうともなるわけではないのに）

窓を閉めた。やはり妹などいなかったのだ　赤ん坊に目を戻すと　いつの間にこんなに大きくなったろう生後三か月ほどにもなった赤ん坊がわたしの腕に抱かれている。そういえばさっきから力強い鼓動を感じていたのだ　まるまるとした腕　誰から受け取ったともわからない哺乳瓶をしっかりとくわえ込んで一心不乱に乳白色の液体を吸っている　液体が減るに連れて　赤ん坊はますます成長しているようだ　子供の成長は早い　そんなことを思いながら何気なく赤子の顔を見つめていると

あぁ何故こんな恐ろしいことに今まで気づかなかったのだろうこの赤ん坊は赤ん坊ではない　これは老人だ　しかも木で出来

ている　見よこの顔を！　叩けばコツコツと音がしそうな木の髭の生えた醜い老人の顔ではないか！　ニスを塗って滑らかにしているからといってわたしの目はごまかせない　おぞましいことに身体は相変わらずふくふくとした赤子のままである。　木肌の硬い老人の顔と丸い柔らかな人間の赤子！　あぁみんなこの赤子老人に殺される！

赤子をぞんざいにテーブルの上に置いた　ゴトリと音がして火をつけたように赤ん坊が泣き出した　哺乳瓶を投げ出して小さな四肢をばたつかせ　木肌に赤ん坊の顔で激しく空を掻いている

（——騙されないぞ　いい気味だ　みんなお前が悪いんだ　！）

リビングのドアを開けるとそこにはわたしの母がいる。このことを伝えなくては　耳に唇をつけ、こっそりと耳打ちする
（何を言っているの　あの子は可愛いお前の赤ん坊じゃあないの・・・　わたしの可愛い孫じゃあないの　・・）
気が付くと赤子の泣き声がやんでいる　おそるおそるドアを開け

ると　誰かわからないが中年の女が一人　ソファーに座って白

いベールを頭からかぶり赤子に母乳を与えている

なんだやはりお前が母親だったんだな！

チャイムがなる。来客だ。わたしの兄嫁である。やっと言葉を話

すようになった長男と　やっと首の据わるようになった長女を

連れている。　赤ん坊だ！　本物の生きた赤ん坊だ！　わたしと

血をわけた　血肉の通った赤ん坊だ！

抱き上げようとすると　甥はわたしによく似た眉をひそめ身をよ

じってわたしを拒否した。　根目付けがましい瞳でわたしを見

上げ口元を歪めている　あの目だ！　あの男たちの目だ！　粘

つく泥の海で泳いでいる　あの男たちの目だ！

遠ざかっていく兄嫁と　母の笑い声を耳鳴りのように聞きながら

あの赤ん坊の最初の犠牲者は　紛れもないこの子たちであろう

とわたしは何故か確信していた

視感よりも　盲目の感覚のほうがさらに先へと進んでいる
（のかもしれない）
もしかしたら　我々が知らない間に　物事はすでに開花してしまっている
（のかもしれない）
靴擦れの迫害を受け続けている　　垂直にゆるゆると佇む糸の人たちに　　類似した毛髪の餞を
――
牧神はいつまでも葦笛を吹き続け　ニンフを待ちわびる

灰色がかった空に墨汁が渦巻く　　そこはおそらく異界の入り口

そして空から野獣の光が降りてくる
そこできいきいもがいている
悲しい猿の子の瞳と　　すがりついてくる誰とも知れない誰かの　腕

終わりのない拷問と傲慢の果てに
汚れ　疲れた我が腕で掻き抱き

永遠の忠誠を誓う

†

子取りの産声　目次

装幀＝二月空

子取《こと》りの産声《うぶごえ》

著者
柴田《しばた》友理《ゆうり》
発行者
小田久郎
発行所
株式会社思潮社
〒一六二—〇八四二 東京都新宿区市谷砂土原町三—十五
電話〇三（三二六七）八一五三（営業）・八一四一（編集）
FAX〇三（三二六七）八一四二
印刷・製本
創栄図書印刷株式会社
発行日
二〇一一年十月三十一日